Thought

心思

小蠍(吳中全)——著

我寫下的，不只是詩，更是思

What I write is not only words but also thinking.

推薦文

楊順清／《台北二一》編導，斬獲亞太影展最佳影片

小蠍是我二十幾年前在復興高中教過的學生，沒想到二十年後受邀回去參加某一屆「校友師長聯誼會」又再度重逢。他一見面就直率表現「努力不懈尋求戲劇工作」的態度，後來才知道他還寫過數十萬字的小說劇本，還有上千首詩詞。那麼多創作中，我最欣賞他寫的新詩，因為唯有新詩可以把他的「純真耽美和疏離恐懼」流露出來，字字血淚不加掩飾地。

新詩充分展現他運用押韻的功力，以及相仿音相異字的象徵譬喻，甚且有種控訴反諷的孤單與悲嘆。摘錄詩句如下：
「但它的醉是有毒的媚」（玫瑰有刺但香水更毒）
「在詩與死之間
隔著的　是透明的橫隔膜……」（在詩與死之間）

Thought
心思

6

「我又一個人去看海了

海很藍　　月很亮

一個人走完屬於我們的岸」（我一個人去看海）

「幸福開始逃跑　寂寞飛上雲霄

　　尋找自己的記號」（孤島）

「距離變成了巨離

　　處理只能剩處禮

　　客氣插進了關係就是不想有關係」（詩文招喚失去

的人際關係）

「時間　愛演

　　親切　的賊

　　愈是撫傷口愈再灑鹽」（精雕玉琢的思念）

近來他受洗成了基督徒，接受了基督光和鹽，期待也同
時洗盡俗世的罪與擔怕，蒙主聖靈的啟示與光照，在灰
暗無助的吶喊創作中注入盼望與生機，那這本詩集紀錄
的過往生命都將成為美好的見證，見證小蠍的創作與人
生都因此重生，感謝主給他生命的帶領是那麼獨特且豐
盛

作家／東燁

〈你是這樣寫詩的〉這是件最重要的小事，關於露水之輪廓、草葉的鋸齒，或隱微如洗牙時一絲絲默默嘀嘀咕咕。你知道那是詩，你為此寫詩。朝日或夕靄所凝成啊，一首首無可解讀的，辭海不藏，典籍無收，你呼吸都是墨漬點捺成篆隸，你管也不管那是不是詩，你已寫滿了詩。鋼鐵人發明不來的，浩克舉不起的，來自美國的盾牌都無法抵擋，你笑著為自己寫一首詩，你寫了詩。東燁 2023.06

耿一偉／臺北藝術大學戲劇系兼任助理教授

吳中全（小蠍）的詩作，結合了古典與實驗的特質，藉著細膩的意象經營，釋放了每個靈魂的情感枷鎖

Thought
心思

目錄

Thought
心思

Thought
心思

12

賣弄文章

新詩／小蠍

灼傷　惚想
夢暈了一片香　沉醉在獨戀的迷惘
學不會放　學不會相處的正常
當
她又走過我一次身旁

荒牆　潦章
文觸了一陣涼　震抖在何方
不會學放　不會學放成朋友一樣
當
我又經過她一次身旁

楓葉染紅的血灑在歲月的路上
臘月漆白的雪飄落記憶的時光

Thought
心思

歪歪斜斜的夾在書本的二十八章
定格在沒有文字的下一行

想　　沒有接下
像　　不懂筆法

我不會忘　也無所望
只願妳生命保存著善良
我不會裝　也沒有妝
只是賣弄一些自己的文章
把關於我喜歡妳這件事情記入心臟

我爲什麼寫詩

新詩／小蠍

悲傷有時比你想像的容易
天一黑　就來臨
快樂也能輕而易舉
只要騙自己就行

麻雀很吵　我知道
但除了電線竿　牠也不知哪裡可靠
或許夜梟　你看不到
因爲高樓大廈產不出森林祕沼

什麼意思　就像檳榔爲什麼配西施
無解答案的無需解釋　你只能隱隱覺得有些故事
我的心事　也像這一行行奇怪句子
想說什麼又用什麼掩飾　隱藏在心情底下的文字

Thought
心思

16

詩不就如此
排列組合的文法修辭
只是　只是
如果你覺得我是爲了説愁強賦詞
我也只能笑笑的帶過表示
因爲我想説的　不只　不指　不止
心傷　因你寫詩

你不懂我的悲傷　所以
詩　又開始

靈魂的孤獨

新詩／小蠍

「我凝視你的雙眼，但你卻對我視而不見」
那首詩淺白的描寫，讓我的雙眼瞬間泛淚
「孤獨的靈魂」，穿透了，我血肉之軀，銹了，我的靈
魂，如此孤獨

小說情節，虛構了，我眞實的悲
「你我的心靈是那麼的貼近」，這句，是不是已是幸
福？
「或許你就是我心靈的伴侶」，又是一句，我的羨慕。
因爲現實中的你我，近到最遠的距離。

你我的距離如此之近　　關係卻如此的遠
或許我們以後永遠　　永遠什麼都不是
痛苦，連說出，都可能會是嘲笑的耳語

Thought
心思

18

在我生存之地，我存在在哪裡，
孵孕我的過程，培育出怎樣生命，
看不見聽不到的聲音，置之理不理，都會痛心
因爲不解，我，我這一個，人

白話的詩白得透明，是情與緒，是心與意
更白的是靈魂，卻黑到暗而不見
不見，靈魂，哪裡
在哪裡都找不到我的靈魂，我，孤獨的，失去

靈魂　　孤獨的遊蕩與飄移
想去，能去，哪裡

如果要有遺言
我只想多説　幾句
我
靈魂的孤獨　已銹到
無人　　看清

精雕玉琢的思念

新詩／小蠍

揉捏　粉碎
點燃　陶冶
爲了思念　精雕玉琢的重塑情節

時間　愛演
親切　的賊
愈是撫傷口愈再灑鹽

美工刀加工美化的割
一刀一刀劃開　愈淒厲愈美
切割出的輪廓　分不清眞僞

電鑽也能派上用場
鑽呀鑽　鑽呀鑽　卻鑽不出新血

原來我的身體少了心臟
它還放在過去

焊接　小心翼翼的拼黏
貼呀貼　貼呀貼　感觸不到心
滿滿牆上的文章乏善可陳

妳還是妳我還是我
思念卻等同戀不斷的變
或許我從來不了解妳是誰
所以可以不斷的塑型如夢的畫面

我雕琢出的字字句句
只是白底黑字的一張頁面
時間空間都在精雕玉琢中頹廢

我　精雕玉琢的醜化絢麗的黑夜
我　塑造出悲劇人物的特寫
我　可笑亦可悲

精雕玉琢的思念可以沒有句點
成型了　再毀一遍

Thought
心思

若

詩詞／小蠍

假如　　如果　　或許　　亦或
都建築在後悔　　過了頭
沒那麼多若　　想那麼多苦　　後果就是結果

愛你　　產生的種種
如若
皮影戲的幕上　　無光就無影　　無你就無我

弱　　吾之心
落　　汝之感
耶否　　耶否　蓼蓼泂溯
阡陌以距之遙　　決斷難掇

古語新意　　若

舞文弄墨
只像是在紙上用筆畫雜亂漩渦　　　無線無索
創詩舊詞　　若
只會用老瓶裝新酒
也似作愁爲賦　　無病無痛

若啊　　若啊
我的脆弱失意懦弱失去而剝碎到最後
我　　剩什麼
你　　留什麼

愛說出了口就不要想收
關係變了質也合乎因果
沒有什麼　　無關句讀
若與不若　　都同
後悔是自傷而苦的結果

Thought
心思

24

不聞知音

新詩／小蠍

我隨著你的足跡，順著你的傷心，可悲下去。
我要怪什麼？
是夜，還是心黑？

古人鞠一把酒，知音不醉；
我掏空心思，不如孤月。
隔望時空的底限，遙盼人事的界點，
終，不連；結，不解。

喚啊喚啊，聲音穿透了空氣，失凝，那陣陣的悲聲，苦
不聞知音。
知己若天涯，我以爲比鄰，以致於……
一嘆欲泣。

你是被風吹折的落花，
類似的，
我是被人遺棄的紙屑。
我傷你的傷，你的傷聽不見我的傷，
難過之餘，我好難過我自己，
原來，我聽了你的音，但你不是我的知音。

我不會彈琴，不會彈琴……
只會一
在深深的夜訴寫著我幽幽的悲音。

Thought
心思

26

演

新詩／小蠍

是掩　還是醉
自我珍貴　加上了三點水
是潰　身的崩潰

臉
是美　也是罪
自動想戀　底下少了心面
是變　關係變遷

傾斜的朋友
無謂的寒暄
為演而演
表象很可悲

誰
是淚　加上碎
剝落的心覺
寫在牆上的血
演

演沒有句點
只有呈現

Thought
心思

編不譯器

新詩／小蠍

編譯器
科技密碼
是誰要執行檔　不能用原始說話
C 語言強調　　組合語言的重要
不換　　就被淘汰

偉大的葛雷絲‧霍普
妳的 A-I 技術我不清楚
電腦沒有錯　　只是我不想要的工具而已

可怕的程式　　建構出冷漠的城市
在電腦的時代裡　　要怎麼編怎麼譯都可以

但是

我編出來的詩　　有沒有機器　可以翻譯

我討厭的數位時代來臨
我的編　不譯器

Thought
心思

憂傷痛苦

新詩／小蠍

沒有憂傷，因為沒有什麼憂好傷
沒有痛苦，因為沒有什麼痛可苦
只是，難過
很難讓日子好過

或許，我等的不是事情，機會，或者誰
等的是
時間
時間讓自己改變

強人所難，順其自然
思考往往顧不得心感

總會覺得愛不來自理智，是出於心

但當變成一種沉重後，就是種壓迫，破壞

明白，我明白，我不是早就知道明白了嗎？爲什麼還不
明白

因爲愛，很難了解
只懂，眞實的是未知的一切

未來。

Thought
心思

網絕

新詩／小蠍

一網打盡　　刻著邊緣的人類
一絕殲滅　　滾著沸騰的熱血
網路的世界很絕的點
虛空　　幻無　　灰飛　　真切

讚　　按下的一鍵
若是虛榮作祟　　也為
表存在感覺
無按就覺暗　　感受萬千
也　　作縛的繭

離網　　仍是迷惘
現實之中　誰予理會
游離在人與人之間的言深交淺

是　　看不清的水面

疏影橫斜　　水如漩
黃昏已落　　孤如月

真實的邊緣已讓我傷心欲絕
社群網路卻還更絕
立粉絲專頁　　作悲文滿貼
又何嘗不是一種新驗

是我看不見這個世界
還是這世界看我不見
絕望　　網絕

不如　　忘卻

Thought
心思

詩節

新詩／小蠍

沒有龍舟　　沒有香包
我把文字投入大江　　能不能激起一點漣漪

失去翅膀的大鷹　　只能如麻雀的低鳴
雄心壯志　　全被大江給淹沒

多希望成為天邊的一朵雲
還能偶爾投射在你的眼底
在你眼中我不是什麼東西
大江大海是我詩人的淚液

這一日　　是詩人節
這一夜　　是死人結
那位離騷的人值得懷念

而我有什麼能留下紀念

對你而言　　我已經沒有了名字
而我卻還在為你寫詩

詩節　　是我遇上你後就纏繞一生的死結

Thought
心思

責任

新詩／小蠍

看不清責任　不懂得生存
冬天過了　春天還是好冷

沒有心情了　童話結束了

長大是我必學的課程
變小是大人要學的言論

童言童語　是因我是任人宰割的魚
狂言亂語　我看到你們嘴巴都像鯊魚

我在尋找的房間　是有朵朵花香的空間
卻因為沒有錢
被科技的語言留在電磁波的角落

詩文招喚失去的人際關係

新詩／小蠍

距離變成了巨離
處理只能剩處禮
客氣插進了關係　就是不想有關係
我不會處理與人之間該保有的距離
是我的問題　鬼打牆的繼續

XXX 到底懂不懂 OOO 的氣
螢幕的介面化成了虛
留下的從來不是　是非題　亦不是　選擇題
而是拼命在打申論的權利

這樣不可以不可以　密
一張圖消影又現形

Thought
心思

38

好多好多責罵與攻擊　在底下串成了一鼓正義
但有很多事很多感覺是已經扭曲
不是我眞實的想法聲音

我想若用電話來解鈴　是不是更易斷盡
可是我想若就這樣的忍隱　是不是亦無意

OOO 請不要否定 XXX 的心意
能相近的 OX 是妳生氣的語

寫來寫去　爲什麼爲什麼我要寫得那麼奇異
連詩都沒有這樣的類型

因失了這個人際　這個妳
我除了多了傷心　還少了能講心事的人聽

一點淚滴　化不開距離的變形
一句 sorry　能不能去轉變距離
善良的妳或許過後會忘記
錯的事情可能只是小問題

但會用詩這樣的文筆寫我和妳
就是真的不想失去　不想逐漸失去和妳的人際關係
是的　我用詩文筆　去招喚即將的失去

我說過不再密妳寫字解析等等的總總問題
而讓詩文代替
讓妳欣賞而已

Thought
心思

如果可以

新詩／小蠍

傷心　因為曾經用心
不明　走到這步境地
也許很多都是我的問題
在無法控制的混亂生氣
等事態過了剩懊悔而已
就因我失去了一段曾能談心的朋友關係

妳當然有權利　選擇正能量的友誼
而我失落的情緒　是這幾年真誠的心意
妳想關閉　我無能為力
但我仍相信那些真心的緣分交集
之所以痛心　是在乎朋友中這特殊的妳

雖然如今說太多也不太有意義
雖然事到如今我還不太明白被封的原因
雖然這些文字也可能改記不了什麼問題
但我選擇寫是失落太久的心已經成了傷　無法復原
偶爾睡前閉上眼睛　傷痛的哭泣

我不明究理　我始終把妳當知己
我始終希望我們回到過去的關係
如今的我真的被鎖的很傷心

如果可以　如果可以
請讓我們保持過往的友誼

Thought
心思

詩不成詩

新詩／小蠍

從深夜到清晨
我的痛持續發酵

我是個不會寫詩的文字人
只希能透過文字抒發一點悲傷
就像雪紛飛時總會感覺寒冷

已凋零的花瓣最美的那朵花
隨著塵埃飛散而去

我最愛的人妳的走讓我措手不及
深深的思念埋進土裡
我還能期待什麼呢

文字的詩只是見證我的失去

詩不成詩　但我對妳的愛是永永遠遠

Thought
心思

夕陽的眼淚

新詩／小蠍

夕陽的眼淚
蒸發在想像中的薰衣草季節
當思念　被框進了抽象派的作品
心之感　描繪出瀕臨死亡的意象

夕陽的眼淚
從天空落下的悲傷
被除濕筒存了起來
被看穿　是一種裝滿罪惡的自哀
我忘不記　和你處過的點點滴滴

顏色的零亂
鏡框式的抽象法
畫面不是　不是人類語言所能理解的心酸

跳脫出來的眼
問風景是什麼東西
不懂爲何　爲何沒有情緒卻能反應

眼淚暈開了紅旭
夜色扼殺了夕陽
等待的聲音滾進了稀落的背景
繁星的臉眼睜睜看著這一切
對切的畫面　分隔的感覺
不配　不配　發現

Thought
心思

46

詩人的眼淚

新詩／小蠍

無題　李商隱
框　　寫意

無句　我自己
眶　　刻意

眼淚從古至今
只有寫詩的人滿溢

我不像詩人
只像一個不知道怎麼去愛的人
在你背後　哭泣

落情

新詩／小蠍

雨
落下了思念　思念這場離別
當發現出破碎　破碎了思念
才讓我不必再面對無情的離別

風
吹起了寂寞　寂寞整個黑夜
若看到了星空　星空出了寂寞
那麼心不必再等待降臨的黑夜

淡淡的空氣
搖擺著風雨的無奈
無奈　等同於悲哀
悲哀著濃濃的氣息不再瀰漫

Thought
心思

是誰　冰凍了生命
成爲了僅存的回憶結晶
誰是　火熱的色彩
描繪出多餘的記憶殘骸

追憶　追尋當初會埋種子的動機
是爲了燦爛生命
失憶　失去如今能結果實的能力
是因時光而凋零

不明不白不清不楚
日落後的樹爲何如此模糊
是錯是對是禍是福
散落的葉子頓失了依附

看不透的塵埃　隨著落葉飄散
就這樣輕飄飄地　與美夢一同分散
雨彈風亂中的葉片在掙扎
葉片掙扎在炎寒交迫的替換
仍然逃不過和枝椏切離的命運

當命運終於無聲的撒落滿地時
墜落的不是片片的落葉
不是凋零的心
只是一段段被遺忘的愛

一切就讓塵埃落定
定格一切劇情
等到下段故事來臨
再種一顆值得記憶的情

Thought
心思

山雨欲來心掩蓋

新詩／小蠍

風捲殘葉
雨狂瀉
山崩地裂
等同心覺

掩蓋
為了苟活人間
偽裝　不一定是罪
讓人心安不覺得自己有罪
就算此罪　在於自我陶醉

莫聽聞　戀是一種苦
這樣就不敢淪陷
陷進了泥沼　是為了新芽

開出遍地春花

山雨欲來心掩蓋
遮掩沒什麼不該
活在地動山搖的時空中
活下來的就能復活

雨花墜落誰有苦
冷風呼　聲聲哭
殘心依舊遮掩住
過山處　得樂土

山雨欲來心掩蓋
重整心的拼圖
爲了蓋一個愛
付出　　付出
掩蓋　　掩蓋
讓悲傷不在

Thought
心思

時光線

新詩／小蠍

糾結的時光線　拉不平　因爲感覺無法對等
你的那一段掛著笑容　我的這一端勾著憂愁
我和你繞不出情節　但緣分卻將我們緊連
我的時光是你過人生的線　我的記憶是你遇生活的件
在緣分的環繞下我們有關係卻沒有關連
擦身而過是機會　視而不見是心覺
我很像空氣穿過你眼　空氣或許比我來得新鮮
線繩拉呀拉　拉呀拉
線索尋啊尋　尋啊尋
拉尋到我們纏線的原點　原來緣是原罪
遇上你的時機點　點綴出眞心是無法將時光變成姻緣
你的感覺　讓我們時光的線漸漸錯開成兩平行
你的線發展成愛情面　我的線衍化出心電圖
一個笑一個哭在同一平面圖

時光愈走愈慢　線愈來愈散　你我愈變愈淡
時光之線你不該將他牽扯進來
或許　唯一的優點　是真心輸入腦海　記憶存進血脈
時光線你對我能不能多點友善

Thought
心思

散步孤單

新詩／小蠍

在鍵盤上敲打的鍵
常常打錯真實的意思

貼圖中救援的圖像
也只是可悲的玩笑

有些話我無法說精準
但是我真的只願和你在
散步
就能獲得一絲絲溫度

但很可嘆
你從不在乎我的喜歡

我只能散漫地一步步
走向孤單

剖心

新詩／小蠍

如果把心解剖　你看見什麼
只是模糊的血紅
真心從來不見輪廓

你知道什麼是最痛的時候
就是自己把心解剖
讓你看見我的傷痛

你冷笑說這與我無關　好冷漠
我承認我不敢剖心因為　我怕痛
但是心痛無從訴說

從愛上你的那一刻　剖出了心你也不接受
我已經學會了放手

但剖開的心對你而言只是無病呻吟的痛

剖心只是想證明自己　我曾用心的愛過

Thought
心思

穿越你冰冷的心

新詩／小蠍

風很強勁　樹葉翻飛　是冷的場景
我看你的心冰寒如雪
在這漫長的時光中我多想陪你走到夏季
可惜你不願意繼續　讓秋風染你的心
只因爲你停在和他秋天的回憶

我選了一個葉片寫下你的名字
也只是楓葉的寒心

當時間夏轉秋涼你會不會一絲絲同情我的守候
時間順流而下　微風逆行而來
穿越你那冰冷的心

直到你懂我的心意　共譜森林的樂章

孤島

新詩／小蠍

快樂離我好遠　痛苦對我微笑
我的心逐漸燃燒

幸福開始逃跑　寂寞飛上雲霄
尋找自己的記號

淚水想要狂飆　眼淚卻說不要
壓仰的心起波濤

浪花打痛那島　水波顯得孤寥
妳發現我變成孤島

Thought
心思

我知道每人都在尋找
我了解都在路口徬徨
我探究著社會的變化
我相信人間真有天堂

然而誰肯定這座孤島

一片落葉聲響　悸動人們的方向
孤寂的島鎖住了妳我的心房

如果這份愛還要　就讓孤島變成飛鳥
翱翔在天空完成最初的夢想

表白的舞蹈

新詩／小蠍

淡藍色的海
配合我的舞蹈旋轉在風中

你在海的另一邊
有欣賞到我為你跳的舞嗎

我手舞足蹈是為了換你片刻的笑容

在這海邊能不能製造共同的回憶
你不語　任風沙吹過你的臉
因為你的心是水藍色的憂鬱

我多想聽見你能對我遙遙的呼喚

Thought
心思

62

你在海邊不回答一句話
我的心藍在風中舞蹈
多想環抱你呀

別再沉默了好嗎　你的心事我全都瞭
他走了你哭了而我只想陪你
穿越你心中那份憂傷的心

客家香

新詞／小蠍

開開心心來到這裡

是我

客家人的香氣

歡歡喜喜唱山歌

粗茶淡酒在一起

思毫不覺得拘謹

客家本色愛打拼

Thought
心思

64

公誠勤樸做到行

不像那些人帶著鬼面具

撕不下臉反而撕裂人群

客家人　活在溫暖的唐山媽

媽媽的手裡特別感溫馨

客家庄瀰漫的香氣

難怪空氣不再讓人

感到　孤寂

吸那板條　是純白的心

磨那擂茶　心靜出綠色活力

種那筍干　撥出干甜黃色

吃那蹄膀　讓精神膠質舒醒

好香啊　客家的菜餚

邊吃邊喝

有感動的淚　狂歡的笑

左鄰右舍打圓場

痛苦呢　悲傷啊　看天公　落雨下

不想追的回憶　都交給客家香

Thought

心思

66

用好香的歌曲　唱出少男少女的煩惱

坑水玩　帶草帽　放心田　看魚仔

送了一條花手巾　表了情意值千金

山前山　百花香　美景當前　心事啾啾

倆小無猜很逍遙

這就是我們的客家香

多愁的小蠍

新詞／小蠍

城市一片凌亂　燈火太過闌珊
路面整理了又翻　修補的工人地下鑽

鑽的讓我多感習慣　多愁善感
感性的我如何看我的未來

末世的預言如病毒般侵入我的血脈
我的存在已不在靈體在空中飛散

什麼教都有教條規範　主要是勸人爲善
佛云渡化眾生四海　基督的萬能如荒漠甘泉　摩門爲先
知說談
熟讀了不想破腦袋

Thought
心思

我的憂愁困在失了自由
夜晚車聲魂飛破
在黃金歲月的逆境中
土地公的保佑

我的哀傷解籤後只有自己懂
我望著星空　時間訂在沙漏
咖啡牛奶是我唯一的解救

混亂的城市又開始運作

可怕的雨

新詩／小蠍

如果大雨阻止了你出門的意願
如果這世界你看起來有點灰
如果你想要獨自待在房間
我會尊重你的想法，讓你不赴這場約
你想怎麼樣都可以

因爲我會等到下個雨停
在車廂把那重要的信文收拾好
等待下車往你家而去

你會出來見我嗎？
共渡浪漫的時光

後來你問我來這裡幹嘛

Thought
心思

我寫滿的字，信封傳不到你手中

就在這裡問你一個問題
你愛我嗎？

雨又一直下，下得好可怕
它似乎已經決定了我命運
讓我的心情像是可怕的雨

窒愛

新詩／小蠍

送給你的愛是摯情的愛
但你不喜歡我能怎麼辦

爲了你困在黑夜的每晚
空氣有種窒息的感覺

窒愛你是不是在害怕呢

我愛不到的摯愛
徒增遺憾的窒愛

Thought
心思

72

誰誰誰

新詩／小蠍

２４個比利看過沒
其實你也很可能在裡面
會分裂　　被分裂　　瘋狂世界
每個人都想當誰誰誰

手機一滑照片一貼
按讚都是俊男美女的臉
不甘願　　愛抱怨　　沒有改變
誰真在意文章的重點

你想變變變
變的只是想刷存在感覺
其實你存不存在世界都不會改變
因為你只想當誰誰誰

速食愛情

新詩／小蠍

麥香堡已經不香了
炸過的薯條變冷了
我還記得　　那個時刻
然後我們漸漸的隔閡

我等在那裡
你放棄了約定
熱鬧的餐廳好糾結的心情

可能我們再也不見了吧
速食的愛情往往如此

食物變冷了　是的　我也偷偷哭著

Thought
心思

祈使文

新詩／小蠍

可是當我說恨
恨仍是願望

當我說絕望
雨就紛紛的落下

我該如何對你說話
如果不再恨你是我的希望
月光就會打我的臉

喔　不
我多想在鍵盤與風景中說出的文句
叫　遺忘

恨與愛
都已經搜索不到你的名字了

Thought
心思

76

春雨

新詩／小蠍

你坐在這裡
我聞到春天的氣息
但你的沉默不語
我不知能不能接近

你許願　卻沒有流星
我只想讓你明白　當你睜開眼睛
有我　陪你

在這春天的天氣
偶爾的雨　就讓我收集

我會等你為我張開眼睛

可怕之愛

新詩／小蠍

如果我可以爲了妳而死去，
妳是不是很害怕……
我也很害怕……
我爲什麼因爲妳而可以死去。

愛妳愛到死——是不是最可怕的愛

愛可怕的死——其實都變成了往事
一根蠍子的刺是專情之人懂知

沒有人類的世界

新詩／小蠍

星晨日月鳥獸蟲鳴
動物間的物競天擇
維持生態系的平和

沒有人類的世界
沒有機械沒有勾心鬥角的恩怨
動物們自有生存的空間
生態系維持自然的循環

但沒有人類的世界
少了一個珍貴的寶物
愛情

如果人類能不頹廢

世界也不會走上末日邊緣

病毒的來襲要怪人類
彌足的愛情也是人類

沒有人類的世界
是好還是壞呢
我只知道我需要特別的寶物
愛情的滋潤與悲傷
才算活過人間

Thought
心思

我一個人去看海

新詩／小蠍

我又一個人去看海了
海很藍　　月很亮
一個人走完屬於我們的岸

你曾說過的那瓶中信
我找不到了
而你也永遠離開我了

後來的我們　　只在我心中割著刀
我寫了信給你　　你也收不到了

這片海還是很藍　　我一個人在夜晚走完

午后・雨后

新詩／小蠍

午后
偷閒的時光
灑下溫暖的陽光
啜一杯咖啡
是思念的寂寞

雨后
玻璃窗上還留著水痕
佐證了我在咖啡館的等候
天空渲上了灰灰的輕愁

我走出了咖啡館
午后・雨后
都埋進時光的殘破

Thought
心思

時間空轉
等不到你
我痛

還是溼漉的空氣
鑲進了我的眼

因爲你說的午后
我等完了雨后
天空的變幻莫測
我猜不透你的心

從午后等到雨后
我痛

有陽光的地方就有黑影

新詩／小蠍

光與影
黑暗和光明
始終不離不棄

你不可能拆散他們
你必須接受陰暗的存在

站在陽光下平靜看著自己的影

Thought
心思

我把你變成了毒品

新詩／小蠍

上癮　是我錯　不該吸
原本的吸引力和關係
漸漸扭曲　變形
爲什麼蝴蝶會化成了蝙蝠

是我是我全部都是我錯
不該被妳的美貌所迷惑

妳是邪惡的蛇
以馬內利
有沒有我的應許之地
上帝讓我遇見妳折磨我的回憶

一切都是我的錯　我把妳變成了毒品

是我不該碰是我不該愛

何時我才能忘記妳給我的傷害
何時我才可以戒掉妳
乞求上蒼還我自由心靈

Thought
心思

思考

新詩／小蠍

回家的路上不斷地在思考
書本的思想每人都有不同解答
坐在車子上看著窗外的景象
不安的眼神隨著景物變化
心情不停跌宕那是改變的影響

年輕人的想像常被長老打壓
好多人都不敢講話因為電車開始繁忙
大人痛苦聊陰陽青年開心聊八卦
不過是茶餘飯後一杯茶
不用認真講司法

我開始思考　這是不是代溝的軌道
軌道不斷在思考　為什麼來的車都會那麼吵

吵鬧沒有人思考　最初到底是哪根火在引爆
爆掉了才會思考　這一切不過是庸人自擾

如果考試獲取智慧　思考幫助行孝
何以眞理沒有解答

有理行遍天下　無理百口難講
不管別人怎麼想　做回自己最重要

Thought
心思

88

心躁

新詩／小蠍

無人的空間　無人的房間
獨自探索心靈的地位

沒有了音樂　沒有了舞蹈
只有夢藏在腦海盤旋

苦澀的咖啡　苦痛的時間
只有心嚮往海洋天堂

可惜那是石沉大海　可惜那是假想天堂
那不是我要的國度

我爲黃色止步　我爲綠色退步
爲了紅色走走停停的看著陌生的路

我累了　我沉了　我心黑了
我煩了　我躁了　我瘋狂了

太多的傳說　太多的聽說　太多人有話想說
我說了話　而被逼的縫上傷口

澔然的宇宙　廣邊的世界
只要留我一個無影無蹤

心淡了　心褪了　鬱悶出現了
心涼了　心乾了　憂鬱重生了

我不想陷入泥淖
我超想開疆拓土

然而故事結束了　心躁的情節
爲了戲　拉出另一個序幕

Thought
心思

修繕

新詩／小蠍

心碎了不完整的自己
能用什麼工作修繕它
都不是原初的樣子

裂的縫是誰害的
還是自己造成的
追究沒有意義
修繕好它
假裝是完整的

只要自己能騙過自己　就可以

小王子的寂寞

新詩／小蠍

小王子
花
星空
淚　累
寞　默
書　翰　紓　疏
不知死掉了嗎

Thought
心思

暗岸

新詩／小蠍

琴音入魂尋破聲　　刀刀皆入魂
黑白之鍵誰做準　　88 鍵皆有證

ㄅㄡㄖㄨㄟㄇㄧㄈㄚㄙㄡㄌㄡ
我魂唱發發發

愛麗絲的夢遊仙境
怎麼才能臻入化境
世間是可怕的魔鏡
我看不見自己
暗

佛洛伊德是怎樣心情
又來了一首小提琴

天堂是偉大的心境
music 懂我心
岸

暗與岸
我靠在哪裡

Thought
心思

94

玫瑰有刺香水更毒

詩／小蠍

因爲玫瑰　刺屑明顯　一扎就出血
痛是眞實感覺
可是香水　飄著香味　沒特別的罪
但它的醉是有毒的媚

悲傷開始在那一瞬間
始於我看過妳的美
崩潰繼續在這一瞬間
續於我對妳迷戀的這種香味

看不見的隱藏危險　不能聞的香水
妳不是故意的卻毒害了我

你我不同種類無法了解

新詩／小蠍

魚會羨慕鳥有翅膀自由飛翔嗎？
鳥會好奇魚水中呼吸的絕技嗎？
不同的世界無法類比
如同你我
過好過壞就當平行時空
永遠看不見對方永遠消弭

消思

詩／小蠍

對你的感覺消失了
好不好呢
值不值得
都不是最悲傷的疑問

而是
我為了消思
也就消失了我所有的文字
再也不會寫任何的感覺了
只感覺悲傷著

月光下的恨

新詩／小蠍

在月光下想你
浪漫嗎
被恨團團包圍著
做不成自己

如果不是曾經那麼愛你就不會如此這麼恨你

撒下的月光照著我的孤影
為什麼天要讓我們相遇

恨從來不是好的愛情
我懂卻深深的恨你
要說不論對錯好難而已

Thought
心思

如果不說愛你
是不是在月光下我們還能談天說地

恨愛之音

詩／蠍

我想我這輩子永遠不會忘記
恨你

就像我離不開的尼古丁
明明知道有害身體還是上癮

還好，人們常提
愛恨，本就一體
恨愛—
也是種永遠不可能的永遠愛你而發的恨音

Thought
心思

封鎖

新詩／蠍

打不開
銹掉的鑰匙孔
灰色的鐵盒
是我的珍藏還是棄捨

厚厚的灰塵
與日俱增
發現生銹的不是時間的磨損
是情感的腐壞
讓我想封起來了
讓鎖打不開了

裡面到底裝了什麼東西
我可以告訴你

只是一本
不想具名的小說
假的故事　眞的痛

Thought
心思

消暗

新詩／小蠍

城市突然一片暗　過街的人潮一片混亂
號誌的燈不會閃　奔馳的車群找方向感
我手一拉桿　停靠在路邊沉思

是什麼樣的故事　讓我寫不出臺詞
荒涼的記憶如見禿鷹啃食
漠然與無視到討厭不止消暗的日誌
原來黑的不只是城市　也包括每一刻
就在我愛上你的那一刻

我是你生命中的過客　相遇在無巧的巧合
就像是城市突然大停電的扯
是你不想要瓜葛　沒辦法的糾葛
我也很想 sorry 的　不愛就可

可是呢　愛不是出於理智的不可控制　是感覺

我感覺怎麼寫好像都不對
就像是慌亂的人群鼎沸
除了多嘴　也無可作爲　處理災難

一場大停電能不能讓感覺沉澱
消暗的光已讓我有好長一段時間
原來我說不愛了卻走不出深淵

不算新鮮這一首詩
花了一個禮拜時間續寫
可是能有什麼能變
我還是消暗的在書桌前
很消暗的消暗了消暗中沉思

這消失又暗去的遺憾

Thought
心思

叨念

新詩／小蠍

如果悼念是爲了懷念
我告訴你我不會
因爲你説得對　我沒有念可念

一顆蘋果之所以下墜
答案簡易
所以你之所以遠離
解答只是我不想發現

嘮嘮叨叨的話語講了千百回　連自己
都長繭
思思念念的情緒繞了千萬遍　我慶幸
發了霉

蘋果會爛　大部分出於時間
發了黃　難看的表面
但是你又知不知道是沒有放鹽
很純粹

我也只是要說一個純粹
如果沒有紀念可以悼念
最多最多
再叨叨一些些一點點
念

叨念一下吧
爲了永遠不會再見的說再見

Thought
心思

被遺忘的唱片

新詩／小蠍

CD 架的一張唱片
播著心愛的誰
可悲的不在於聲音的淒絕　也不就內容而言
而在於時間
將 CD 換了地位　頂替的新進世界

終於體會出黑膠被遺忘的感覺
與愛不到的你皆屬同類

我被你遺忘在你遺忘之內

生死

新詩／小蠍

人生本來就是一場戲　是進是出由自己決定
有多少人走過江湖路的風雨

人生在涉獵每場遊戲　消失毀滅在異度空隙
有多少人只能追求影子隨行

人生混亂探情愛關係　沉淪瘋迷的看待背影
有多少人不過是性愛的玩具

冷面對人　狂亂面生　不知那是場陌生
笑臉迎人　哭泣對生　不知只爲別人生

藏不住的　是不懂生存

Thought
心思

人死本來就是個過程　因爲每人都有個靈魂
有多少命徘徊在迷宮裡無奈

人死在荒漠角落灰塵　多餘的靈魂出賣傷痕
有多少命停留在灰藍的地帶

人死於社會裡的變態　勇氣埋在世界的常態
有多少命流浪於幻想的世代

冷酷的笑　空虛的走　看不透心靈地圖
忿怒的叫　怨恨的死　到不了天堂之路

離不開的是難逃死神

不想看重生　不敢面對死
也許生不如死　也許死而復生
不論一生一死　不論不生不死

生死都是黑洞必學的課程

傘

新詩／小蠍

冰凍的雨　在晚上七點來臨
雨傘
在轉動中哭泣
螺旋的雨滴　如愛麗絲的夢境
清醒
只是垃圾車而已

暴怒的雷　在 30 分鐘後跟進
雨傘
在抖擻它的黑影
黑色的支架　如佛洛伊德的精神分析
醒來
只是站在男人的角度而已

我了解我的存在不等於妳的完美主義
我知道妳的傘有妳另一段動人的傳奇
當傘慢慢合起　那些雨滴　是我留下的淚液
就算是不同的回憶　我也不在乎是附屬品

傘需要有人撐起
有了倆人　雨傘才不孤寂
不論是烈日陽光或風雨交集
這把傘只是爲了陪妳

雨傘　散去　雨散　人醒

孩子的天空

新詩／小蠍

你們只會説我是個小孩
我只會叫你們是大小孩

你們想要我快快長大
我只要自己天天開心

大家都説快樂最重要
但是只有幾人做得到

我在清白的紙上留下社會的汙點
我看到的只是缺陷的感覺

真的真的大人的世界好複雜
假的假的我是個很傻的大人

Thought
心思

這個現實的世界佈滿著灰塵
孩子的世界不可以滿身是針

孩子的天空只剩下藍天的笑容
那是藍海天空　還是藍色世界
掌控在我們心靈的一念之中

孩子的天空只看到紅色的笑容
那是溫煦陽光　還是忿怒烈火
形象在我們心靈的一念之中

孩子的天空只望有綠色的笑容
那是翠綠青山　還是綠色妖精
改變在我們心靈的一念之中

海水終會倒流
夕陽總會沒落
黑夜就算有白晝
但星星永遠在角落
極光永遠在宇宙

一抹斜風

新詩／小蠍

天空在天的一頭　　紅
心痛在心的上頭　　揪
我看得見日落　　說沒看過彩虹
一抹抹擦也擦不去的墨
寫盡寫不盡的愁

細細的雨在天與地之間　　流動
斜斜的風在我與我之間　　穿梭
我沒有自由的自由遊走
傷口也是看也不見的微抹

哭又算什麼
不懂不理的人笑語帶過
我能算什麼

Thought
心思

114

如同
一抹斜風
聽也不解的感受

一抹斜風
能不能吹動
可不可感動
你
我在乎的你　你的心口

印鑑

新詩／小蠍（中全）

身分
是新的印
因爲死亡而重生

空白的紙
寫入我的戶籍
從此
也消去了妳

鑑定了什麼
是一個孩子失去了媽咪

自己刻的印章
國中時期的

Thought
心思

藝術文字
成了新的我

印鑑
最後悲傷的簽名

即將開始
生命的過程中全新的生命

媽我好愛妳

散文新詩／小蠍

我很思念妳沒有藥醫
抗憂鬱的劑還是將我拉到谷底
明天就是最後一次的祭拜妳

是不是我害了妳影響了妳的情緒
胰臟癌的二期為何醫不好妳
天人永隔的相思我生了病

妳在天上看我會不會保祐我
此刻的地震是不是妳的顯靈
媽我真的很愛妳
我承受不住妳離開我的事實
我好痛心

Thought
心思

118

我要努力的生活爲了妳
全部都是空談的夢想我還不出名
戲劇這條路有多難走我的精神正常只是情緒障礙
演戲的是瘋子但我知道我不是我承受不了失去妳

一杯牛奶也無法讓我沉睡
今晚註定又是失眠的夜
妳的離去讓我失去很多動力
心事誰人知我知妳懂我的心思

我寫了一首奇妙的散文新詩
是與妳的靈魂溝通
明天妳將回到家裡
我會無時無刻的祭拜妳

媽我好愛妳

妳爲什麼會那麼早過世是我無法釐清的謎

守孝

新詩／小蠍

沒有三年三年思不盡想妳的心
沒有守孝你的靈影烙在我的心

遺憾説多了還是遺憾
後悔很多話沒有説完

妳的離開帶走蒼白的天空
我的世界被漆得好暗

妳是我今生最愛的人離不開的痛如同血蛭
又像是被下了蠱要到何時才能清醒

是我不孝怎麼守才足夠抵擋思念

Thought
心思

冥王詞

詞／小蠍

我在爲你吹風走在雨中風雨也是婆娑
説了再多能説什麼話語都蒸在天空
跟著太陽走

誰在爲我擋風穿越時空空間也是灑脱
沒有人懂無言之後文字也記錄空洞
跟著星球破

我已經死　吐不出絲
莊周夢蝶　而我羽化成詩

我不想思　情化入汁
破繭而出我愛的她化天使

流星無法許願　我一枚幣丟許願池
我還是像蜘蛛的蠍子
毀在冥王入詞

Thought
心思

冥王星的愛情

新詩／小蠍

消失的九大行星
消失的愛情

因爲太遠的距離
我在星球上看不見妳

逐漸被地球人遺棄
是我的孤僻

小小的行星藏著巨大的毀滅之力
愛不到妳的愛情
我毀滅了自己

編劇博士

新詩／小蠍

大大的世界　我沒有小小的作為
一點一點也沒

小小的座位　就是我大大的空間
思想沒有界限

詩在自己腦中譜出的汁
我想我還是有點幼稚
但我愛的天使夢幻的寶石
都給了她可我不是王子

什麼叫做職　職人的故事
我內心是文學中的博士

Thought
心思

成就的迷失在這大大的世界我要重新愛自己一次

寫的文字翺翔是我的方式

我能編什麼劇才能讓一切重新開始
未知

小小的作爲就是簡單　我了然於是

螢光

新詩／小蠍

黑林中有一盞光　那是螢火蟲的光
秋月春雨後是牠們的飛翔

得意的人想甩開牠　失意的人想擁有牠
書香世家的味道有多少回憶的時光

攤開手在掌心上　不斷嚮往著牠
白日愛的豔日光陽黑夜裡的飛蛾撲火

內心的矛盾是螢火蟲的解答
外心的矛盾是蟲火螢的幻化

如果螢火蟲不再有光如果螢火的光不再是蟲

Thought
心思

這座城市就消失了燈塔
這個社會就沒有了色彩
這種世界就遁退了光環
這顆宇宙就驗證了黑暗

那不如螢光演化成我
照亮生命的方向
而我進化成白蟻
還給心靈一個純白的空間

螢光啊螢光別介意別人的眼光

讓您的小孩繼續散發出
那最動人的螢火蟲之光

分腦

新詩／小蠍

分裂在頭腦一刹那之間
畫面全部都是幻覺
可怕原來我已經不是誰
又是誰在我夢裡和我自己面對

鏡面是魔鏡裡面的世界
回頭才發現痛太尖銳
又想我到底自己會是誰
才發現原來我已經被腦給分裂

痛苦　藥物　是一團霧
我沒有哭　因為哭不出
分腦的人類不懂覺悟

Thought
心思

128

幸福　辛苦　早分不出
天沒夜幕　沒有日出
分腦的夜晚心被圍圍

沉默羔羊

新詩／小蠍

我
當然可以選擇
當
羔羊

有一種沉默的力量，叫做
——死亡

情緒分裂症

新詩／小蠍

笑，是痛
苦，在爽
躁與鬱不是並存
憂與喜可以共生

情　緒
分　裂
這到底是什麼症

會死嗎
還是我從來沒有活著

洗牙

新詩／小蠍

牙與齒之間
還有裂縫該彌補
鑽的聲音很恐怖
為了乾淨必需付出代價

我在哭因為醫師懂得醫術
癌不是我害
躺在床上跟隨音符聽到落葉在跟隨
牙不痛了痛在心中

我到底洗去了什麼
牙齒如果有感情懂不懂
我還要補什麼洞
心有莫大的破

Thought
心思

精神障礙的媒體

新詩／小蠍

精神分裂的幻影
殺了人被判刑
也不是殺手的問題
是媒體

想飛的電影人在拍攝
只有女友相信他會成真
闖入幼稚園被當做神經病
是媒體

正義的律師能解救什麼思
不做心理衡鑑因為不想承認有病
藥也沒有效果
是媒體想貼上的標籤

在精神疾病裡頭
強制送醫是自殺和傷人的才行
拍電影的人只是想要拍電影沒有攻擊性
是媒體爲他貼上標籤

死刑犯的罪只有正義律師關心
連家人都認爲是自己錯了
想切割不想認
會認的是媒體當做茶餘飯後的話題

我們與惡之間到底有多少距離
其實是媒體患了精神障礙症候群

Thought
心思

慈悲的憤怒

新詩／小蠍

思覺失調可以用來保命
教化你說可以
監獄是反省之地他殺了人但他不是故意
法官沒有決定死的權利

你不是當事人不懂她的憤怒
這不是一命換一命的問題
隨機殺人小小的燈泡就此熄滅
是她一輩子的傷心
她的慈悲也有個底限
死刑不能廢除

法官的無奈證據辦案
醫生的感慨鑑定有關

輿論的嘩然淹沒觀感
可怕的隨機殺人案只希望是最後一件

不要廢死
只有當事人說了算

慈悲是一個做媽媽的苦心
憤怒是對那些不明的歪理

可是爲什麼不在媒體討論下去
因爲事不關己
因爲人民總愛新鮮話題
我只希望小燈泡的犧牲能有意義

慈悲的憤怒是對這社會的控訴

Thought
心思

精神科醫生

新詩／小蠍

我只是醫生不是神
我能做的只有開藥和評估
腐爛的是這城市和愚民面對精神病患的態度
我也有失去理智的時候

加害人或被害人都與我無關
我只能感受到可憐的是家屬
但我這個精神科醫生能醫什麼正常人
我也有感覺疲憊的時候

這病患要不要強制送醫
是看他有沒有自殺和傷人的可能
我能分辨每種精神病患的癥兆
但世人只會亂貼標籤說是神經病

精神科醫生需要的耐性被習慣的黑暗吞噬了
我們大家都需要的是關懷

近看是悲劇遠看就是喜劇了
精神科醫生近距離的聽了太多的負面情緒
所以造成的壓力也是高風險群

何時這座城市才會長進
多多認識精神病

Thought
心思

腦亂

又分泌了
血清素和多巴胺
要怪大腦失常
腎上腺素爆轟
亂了腦
亂了生活

怪什麼
不是氣候
是爲了考研究所
沒有幻聽心卻無法集中
誰懂苦痛

「爲什麼沒有人了解我」

好多人都這麼說
邊緣人格的自我又開始發作

深深被拋棄的孤獨感
久久無法退散
腦亂
所以我病了

又將負能寫成文章了
不像新詩的新詩是我自己要講的話
貼在部落格如果哪天好了
就點根菸慶賀
我承認也是需要勇氣的

希望可以結束痛苦吧

Thought
心思

心悸

新詩／心悸

酶
大腦的突變
多少的咖啡都是失眠

細胞無法代謝
化學的變化

如果病毒入侵了身體
心往哪裡靜
靈也出了竅

自我的免疫系統失調
用個抹茶吧
擂茶也能產生不同的抗體

心還是很悸
黃金歲月是我遊夢的戲

血清素的分泌
多巴胺的神經傳遞物影響了我的情緒

我不知道多久能痊癒
只望不再心悸

回到我最初的身心靈平靜

Thought
心思

星光大道

新詩／小蠍

一閃一閃亮晶晶
天使下凡照天光
條條羅馬通路大
道理連鬼都知道

群星鬥　影星瘋　影迷裡外不是人
掃天星　比光鮮　不按牌理出名牌
生死中　入誰手　觀眾迷失了自我

星光大道人人想到
卻沒想那是地獄門或天堂路
星光大道大家想走
獨自走入了海岸邊和山峰巔
星光大道好想吹毀

它讓所有的明星變成了日月

白晝黑夜隨他肯定
是死是活讓誰決定
盲目追求掉入谷底

好想看看以前的星光　好像走走以前的大道
我好愛我那從前的星光大道

世界變了樣　我不想跟著走樣

Thought
心思

144

樂光

新詩／小蠍

指間　我們指間的距離有多遠
之間　我們思考的邏輯不相連
指尖　我們用彈指尖的音樂面對
錯誤的觀念

是誰　毀滅了最初的童年
是誰　擾亂了人情的空間
是誰　把島國撕成了碎片
找不到平行線

該怎麼面對　一場玩笑的嘉年華會
還要去輪迴　永無止盡的碎碎念

我們的顏色是天空七彩燦爛
樂光就是透明的　key　light

Thought
心思

筆寓

新詩／小蠍

撕頁　　如果很悲　　這節
我不願　　那麼一點點　　都不願浮現
有刀的記憶　　當然銳利　　也當然是妳
微笑的弧度　　楚楚　　也模糊
雙瞳的光暈　　粼粼　　也冷冰
這結　　如果很悲　　我爲什麼不撕頁

歲月的齒輪總要輾過一些事蹟才清楚明白生命的活著
凋謝的枯葉就算無聲落於地也能眞實體悟愛情的價值

這麼回說　　懂嗎
那個他泡了一壺茶　　這個他又倒掉了咖啡渣
又有哪個他他他渡過了很浪漫很浪漫的時光
我又從哪個她想起了哪個她

就是今天，我又看見了那個人的訊息
她很快樂，我並沒有過去婚禮
我有什麼樣的情緒連我自己都不知道……
愛，就是要有幸福，所以不要哀呀
我不知道，不知道……。妳也不知道，此刻的我想的是
妳

胡亂的隨筆隨著2月14這特別的日子
寫得斷斷斷續續　有白話又隱喻
被節結了腦與心
纏繞的線撕不去也裂不斷
當然　　也糾不住妳　　隨亂的筆　寓

Thought
心思

六月十五 share 血

新詩／小蠍

十五之夜月特別亮
星晨黯淡顯出正光

十五之夜我特別狂
社會太亂露出警光

黑白無常
你說我說他說誰又聽誰說
廣廣廣廣廣廣廣　誆誆誆誆誆誆誆
7 聲拍出的巴掌好可怕

這些話為了押韻而長
啊賞不完的六月愈是孤獨停一歇

小歇了沒　沒
梅花片片都是我的血
還寫　寫出的血
share

Thought
心思

靈魂與草原的距離

新詩／小蠍

當我的靈魂靠近草原
我就能聞到芬多精的味道
腳踏在綠油油的草原上
奔馳在沒有霧的早晨中

這一生，靈魂距草原多遠
心就會感到多少的醫治

我願踏在柔軟的草地上睡去
好過城市的頹靡
沐浴陽光
做有夕陽很美的夢

心耀

新詩／小蠍

我還怎麼告訴愛妳的心
滿天飛雪的聖誕
我獨自過自己的節

歡樂節的聖誕
就是交換禮物的開心

文字是一個巧妙的事
諾亞方之船

能不能不要帶走妳留下的鏡頭

Thought
心思

我擁有的夠多了妳喜歡嗎

上帝是最高尚的榮耀

陽光陰影月光普照

新詩／小蠍

太陽是最公平的東西
不管哪裡都有日夜分明

隨著自然定律
陰影也相隨行

而我跟著陽光中
就會看見我的陰影

黑暗之處
我喘不過氣

我想在陽光下
熱得發燙

Thought
心思

154

而在陰影下
情緒沮喪

或許我還是喜歡夜晚的月亮
白白黃黃的
孤單但我可以直視它

恐懼與害怕有雨粉刷
雨後的陽光希望我不會站在陰影下
有彩虹可以期待

跟著月亮走吧
太黑暗的地方就看不見陰影的存在

我希望月光普照我受傷的靈
跟著月亮走吧愈暗心靈愈想找光

黑色情人節

新詩／小蠍

4月 14 收藏愛的形狀

在寂寞的走把思念化爲行動

無情人也不用沉在黑中

往月光的方向走時間直到日出

被時間療癒的會看到光

黑色情人節在死月死死時復活了

Thought
心恩

畫術

新詩／小蠍

回到過去吧
洗不出的相片
畫素已不是從前的底片

話術
多想回到過去
1024 倍
不再用手機拍照

畫素不懂攝影的話怎麼算數
跟什麼有關
3c 就是可怕的災難

我只想留下狗狗的形影好難
脫離了這世界
能不能讓我擁有化術

Thought
心思

冷媒

新詩／小蠍

與濾網無關　是我太舊了
在窗戶外沒人懂的心寒

壓力表要 60 度人的體溫 36 度才正常
我需要的媒介　不是機器　是關懷

科技造就冷氣機的涼爽
沒有了我會愈來愈熱

維修費用不是三千塊　是你要了解我

我永遠被孤立在窗外分離式的
不被重視的材料

我知道當房間熱了你才會想到我的存在
我如果有靈魂你會知道我有多悲哀

Thought
心思

孤單的電影

新詩／小蠍

螢幕很大　觀眾很多
我坐在電影院的最後一排　看到的是孤單

電影播完　人群散去
我坐著聽完了最後一首歌　聽到的是淚流

我很想要跟人看電影　不喜歡一個人孤寂
有些電影不適合一個人去看

劇情片　藝術片　商業片
散場的戲院
我才了解什麼是真正的寂寞

就是無人身邊陪

就是孤寂看電影

我走出了戲院　又開始下雨了
我撐了一把傘　用自己的步調遠離　孤單

Thought
心思

162

我寫散詩

散文詩／小蠍

我到底應該如何變美好，一切都是覺得自己不好，我不愛我，怎麼能夠，讓人去懂，離開漩渦不迷航

脆弱的我快承受不了，一隻等待救援的孤鳥，很多經歷，如果註定不想讓我回憶，說過去就能過去太難解套

如果一切悲傷是為了激發，我靈魂創作出的能量，那麼傷痛，我會接受，就怕連傷都感動不了

文字請帶我離開悲傷，抒發滿滿的心瘡，文去結痂，字去蒸發，讓一切的一切都有代價

延續不斷當下的思，記述類於散文的詩，我是或不是，讓人過了就忘的人士，只願我活出自己的樣子

第一次，寫這散詩，想讓巨痛，停止。

——我寫散詩

吉他的願望

散文詩／小蠍

我看著手指，來來去去的捉弄，分不清，是誰對我虛情假意……

看著過客們的手指，只是一時的興趣，我傷心，沒人懂我的聲音……

當琴弦彈奏的語氣，是個優雅的弦律，我是真的高興……

只是妳分不清，我就是最簡單的歌曲……妳可以帶著我遨遊天地，一起飛向美麗的風景。

給當時的那段相遇

散文詩／小蠍

那些痛苦通通忘記別再去想不好回憶

看到妳今天很開心，我也跟著高興，妳不想提到的過
去，也不是我想提到的話題

妳的成熟，讓我望塵莫及，妳的健康，讓我更有活力

或許，我們曾經都面臨不同的壓力，而我的過去，對妳
而言，希望不是祕密

妳用記錄在描繪電影，我用想法來創造天地，或許有天
我們都能站上天秤，來衡量世界的不平……。

是的，我為妳抱屈，為妳感到不平，更是為了妳傷心，
看不到妳哭泣的淚滴，但我會用心把它接起，祝福妳愈
來愈美麗

今天的相遇，帶給我的是滿滿的思緒，希望在未來的日
子裡，我們能勾劃個別的美景，不管是在哪裡說英語，
我們都能聊聊未來的話題

沉靜後的情緒，我在妳的眼底，看著我自己也有同樣美
麗。

有時視藝我懂妳心……

最後夢境妳懂我心？

我們是朋友的定義

後來開始——孤寂

散文詩／小蠍

後來，開始認眞的把呆滯的眼神和無所事事的手指全部
給網路
每天遊盪的像空谷的幽靈，是爲靈魂的悲哀

在沒有方向的時候，情書已經是被遺忘的世代
如果連唯一的好友都不見了，存在的價值也就沒有了
我什麼都有，卻又什麼都沒有
唯一學會的，就是打字而已

我好像不再關心星星月亮與太陽了
在串連中，誰懂我的孤寂……

我懂我自己，卻又矛盾的不懂之中，你懂嗎？

Thought
心思

168

在詩與死之間

新詩／小蠍

在詩與死之間
隔著的　是透明的橫隔膜
一咳　只有傳染給沒有抗體的虛弱
我可以保證你不是不懂是有了一種免疫的效果

在詩與死之間
差別的　是多汁的腦溢血
一瀉　然後怪那產生記憶的海馬迴
又把一些些不是的那些重疊記成類似的悲

在詩與死之間
同樣的是時空的轉換面
一閃　等著皮紋爬上這虛空的身臉
很難再去看到底是哪天讓人想念

我在詩與死之間
寫出我好怕的感覺
詩與死　是不是同類

Thought
心思

行刑者的旁白

新詩／小蠍

刀子　血味　屠殺　轟烈
淒屬的慘叫聲聽見我才證實了我的眞實

2分半的秀　演化成我的世界
每個人都是偶　我隨心拉線
支離的人喪生的命潺弱的倒地
對你們我很 SORRY　我不會說抱歉

因爲我就是爲了死

三審定讞　速審速決
跟我有什麼關係
我會殺人就有我的理由你們不需要了解
反正我想死只是我怕而已

人格的反面　掏我自己的良心
原來心還是紅的沒有變黑
只是將它放到環境後染上了泥濘

誰有生病我不想懂反正我在其中
誰生了病誰懂不懂或者你也墮落

今夜的死償了我最初的要求
可惜的是你們也在祕密殺我

我相信生前死後我都會掀起軒然大波
因為你們把我殺得偷偷摸摸
子彈射向我的那一刻　是伴隨正義的風
但是子彈貫穿我之後　是暗藏政治的口

我死了　身消失　靈飄哪　而人呢
是不是也會被記得在這世上

想憤嗎　你忿吧　想恨嗎　你打吧
反正我已經不活在這個世上　不會活在充滿病態的人盲

Thought
心思

再叫嘛　再罵嘛　再亂嘛　再扁吧
看來你衝向我時也跟我好像　只差別於我是真的在殺

動機又有誰真想明朗

我不符合這世界

新詩／小蠍

…………
…………

除了點點點點點點點
我也不知怎麼寫

如同我不知要怎麼變
無法理解的這個世界

相對
無言😨
閉嘴💀

Thought
心思

174

梵天不冥塔拉
納布無作寧莉爾
雕像石版畫
全化，黑帝斯之話；全凝，阿波羅之望

解釋：

創教之神的我不明白音樂。

超有智慧與寫作的我不會懂古老女人的世界。

不論是楔形文字或雕像石版畫……

全部都演化成我的話；全部都凝結成希望的願望

出處：

梵天－古印度的創教之神

塔拉－塔拉（tala, taal, taalam）是印度音樂的節奏模式

納布－**納布**（古典希伯來語寫作 Nebo נבו），是亞述和巴比倫
　　　尼亞的智慧與寫作之神，受巴比倫人膜拜。他是馬爾
　　　杜克與其配偶薩爾帕尼的兒子，恩基的孫子。納布的
　　　配偶是女神塔什美圖

寧利爾－**寧利爾**（Ninlil[1]楔形文字：米♪冒▦/ᵈnin-lil₂，「曠
　　　野女主」或「風之女主」），也被稱為蘇德（Sud），
　　　阿卡德語名為**穆里圖**（Mulliltu），是恩利爾的配偶
　　　神

黑帝斯－是希臘神話中統治冥界的神

阿婆羅－是古希臘神話中的光明之神、文藝之神

關於作者——小蠍（吳中全）

~寫於 2018 年~

一、家庭背景

——*塑造人身最根本的雛型——家庭*

父：最高法院法官庭長（半退休）。
母：家庭主婦。
姐：輔仁大學法律系畢，曾任小學教師，現為家庭主
　　婦。
兄：清華大學資訊工程博士學位，現就科技公司。

我生長在一個小康的家庭。家庭幸福而完整，家人關係
緊密，親子關係充滿了愛的氛圍，也讓我的心從小就保
有了滿滿的愛。

Thought
心思

父母教育開放開明，一切的生活學習知識興趣，都來自於我的主動，他們從來不會逼我管我要學什麼，他們說，快樂就好，長大後他們也說，有能力照顧自己就好。這也造就了我們三個小孩，發展出自己的性向與興趣。

我姐重情，學法律後偏於條理。我哥重理，自己培養出電腦科學方向的興趣。我較於感性，重直覺，感覺，自然慢慢的愛上戲劇，走上這條路。

我很幸運的能生長在這樣的家庭，不愁吃穿或必須扛起家計，我可以朝自己所想所學所要走的路前進。

因為父親是法官，有一定的聲望地位，這無形的壓力，讓我認為自己一定要成為一個出色的人，貢獻社會。父親忙於工作，曾是老師的母親為了教育家裡三個孩子，辭了工作全心全意的栽培我們，就算我曾隨著成長，經歷過叛逆期也幸運的從未走偏。

父親有著高標準的道德、尺度、規矩。家裡藏書很多，朋友來家裡時，都會開玩笑的說我們是「書香世家」。從小我也喜歡看書，閱讀大量的課外讀物，這與我家庭的思想都很自由有關。從閱讀中我有了自己的方向與夢想。

家的自由、氛圍、幸福。讓我，有愛，關心……「愛」。

Thought
心思

二、性格特質

——個性牽出了心志，心志引出了行動，行動造出了命運。人之命運未來各不相同，性格是主因

我是標準的天蠍座，外號叫「小蠍」。個性：外冷內熱，情緒濃烈、天生有理性思考的洞察力，以及擁有堅韌的毅力，與獨立的自我。

「神祕感」，是多數人對我的感覺。我習慣隱藏自己。但不代表對人不真，相反的我更關心別人的感受，我天生愛多想，也有很多感覺、情緒。感情豐沛，但又壓抑、隱藏了自己的性格，所以我需要管道將情感釋放出來，「戲劇」是我發現最美好的管道了，我喜歡將我隱藏的濃烈的情感，透過「戲劇」表達出來。

我喜歡觀察人，觀察人與人之間的相處與變化，或許來自於我個性上的安靜不多話，但我也不是不會說話，只是不愛講，當需要說的時候，我也能用理性的思考邏輯

說得好。因為我雖重感覺，但也善於思考，我時時重視考慮到別人的感受。我也喜歡「傾聽」，給予對象真誠的對待。而傾聽也成就出「故事」，這些故事加上我的想像力，透過文字我創造出了很多「新的故事」。

我也喜歡全力以赴，堅持做好該做的事，要嘛不做，要做就要做到好，不會放棄。這或許是一種倔強，好強，但我更喜歡稱作「堅持」。堅持下去就是對自己最好的交待，就算挫折不斷，勇氣也不會斷。不論最後的結果如何，都是種收穫，讓心豐盛的享受著過程與成果。

不過我，喜歡一個人在遠處觀看著群體間的關連與變化。

「孤獨患者」，可能是在說我這種人，但我「獨」而不「孤」，要透過「創作」，自由的與這世界產生連結。

這，就是我，隨著自己感覺方向走的我。

Thought
心思

三、專長興趣

——興趣多重要，是人會去做那事情下去的源動力

我的興趣：戲劇表演、電視、電影、音樂、閱讀、寫作、旅行、拼圖。

我的專長：文字創作、棋藝、球類、廚藝。

我培養出來的興趣，都是自然而然產生的，也多是與藝術有關的。

我喜歡戲劇，是因為戲劇能反映人生，簡化不同人生。讓自己的身心靈，更增豐富的色彩。看電視電影，從劇中故事人物事件等等，都會得到新的體悟。

聽音樂，能讓我的心情舒緩，各種風格的音樂我都會聽，古典流行爵士藍調香頌或大自然 new age……等，我都有，收集 cd 唱片也成為我的一種嗜好。在音樂裡，我能讓心思更自由的想像。

閱讀，是從小就養成的興趣，因爲家裡很多的書。而每一本書，都是作者的理念，讀的愈多，思考想法也就愈多。

寫作，就是我興趣中最主要的基調。我的心情情緒，因爲不愛說話的自己，就會用寫作的方式表達出來。寫完了，心也得了宣洩與出口。

我也很喜歡旅行，喜歡自己在外面走，是一個人到陌生的環境，因爲這樣我能更釋放自己，與了解不同的風俗人情。可惜的是，我自己經濟能力不足夠，無法離開臺灣看世界，只有兩次的機會去了日本和美國，那時就帶給我很大的心理滿足。有時我會開車離開臺北，算是遠離一種「塵囂」，沉澱心靈。心淨空了，靈感會愈多。

拼圖，是訓練我自己的專注力和持之以恆。因爲放棄的話，缺圖的心血就白費了，完成了，就是靠自己完成一幅美麗的圖案。

Thought
心思

而我的專長，最主要的就是文字創作了。球類和棋藝是
小時候學會的才華。餐飲，則是在社會工作多年中，慢
慢累積起來的。

興趣和專長，祈許自己有多助於「劇本創作」，我的未
來志向。

四、求學經過

——人類不同於萬物生靈的一大區別，就是「思考」，
而「學習」就是注入思考的養分

學歷：
臺北市立金華國小。
臺北市立中正國中。
臺北市公立復興高中戲劇班。
國立臺灣藝術大學戲劇系畢業。

我學校的求學過程，並不順遂。

國小，很快樂。因為家境，所以我能自由涉獵到很多事
物。也參加過學校間的比賽，桌球、象棋，也在校內有
戲劇表演給全校看的機會。在同儕中，我那時可能比較
「早熟」，同學間處得不錯，幾次小學同學會是我召開
的。

國中，因為算是名校，我待的班級也有些「特別」，後來聽說那叫「人情班」，班上同學的家長都是有頭有臉的人物，我同學的爸爸就是家長會長，但那也就自然成為很有升學壓力的班級。班上那時只分兩種人，「很會讀書」和「不愛念書」兩種，全校第一名和全校最後一名都在我們班。那時可能是我的「叛逆期」，總之我不愛念書，不愛念「課本」的書。而那時我忘記是什麼機會下，我到了一個類似「演員訓練班」的地方去，在那邊上課很快樂，每週的假日都有去，好像渡過三個月到半年間，我忘了，總之那是我第一次認識到「表演」。所以後來高中填志願時，我想選戲劇的學校，可惜，老師和家人在升學的環境下，並不贊成我念，加上我又沒讀書，所以高中考不好，考了五專，就去念了。

五專的學習，是我很難受的一段日子。我念的科系是「國際貿易」，因為家人覺得這是個「錢途」。可是我發現我根本不喜歡「經濟」，我甚至對「錢」都沒有概念，經濟學、會計學、統計學，我一概不會。在五專因為一些「事件」，我被「霸凌」，這讓我的性情有些轉變，變得沉默，縮退到自己的世界。專一下我在學校開

始寫小說，這沉默的壓抑也是我開始創作的一個動機，《死神的審判》那部推理小說就是那時完成的。到了專二，忽然有位輔導老師來上課，給我們作「興趣評量」，我發現我的興趣多是和「藝術」有關的，分數最低的就是我念的「企業型」，所以我很快地，誰也沒告知，就休學了。

休了學，我就參加了「重考班」，但由於家裡兄姐書都讀得很好，所以家人還是希望我念「好的高中」，而當我知道我喜歡的「戲劇」有「公立」高中「復興高中」後，我就決定要考進那裡。不過那段重考班的日子，也發生了很多因人而不愉快的回憶。好的是，最後，我真的如願考上了。

上了「復興高中戲劇班」，我終於認識了「戲劇」─演員、故事、舞臺、觀眾結合而成，生活的摹本。在這領域中，我喜歡表演，熱愛創作。我寫故事，寫臺詞，也繼續寫小說。我將我的想像和情緒，透過文字，傳達出來。三年的高中下來，有許多的老師都深深影響到我，排演課、表演課、編劇課老師等，而學科術科並重的安

排，我獲得更廣範的知識，我發覺，戲劇，不論學戲、看戲、演戲、都能讓我心獲得能量，而我創作出的故事，是我與真實的自己對話，與這社會人群接軌。

所以，高中畢業後，我仍想學戲劇，當年我只報考了一間臺北藝術大學戲劇系，沒考上，術科上的挫敗是個打擊，但我執著的心又重考了一次，還是沒上。後來想學戲的我，去了大陸，考了一間私立的「華南文藝成人學院」，待了一段時間，思鄉的情況下回來了，也對於戲劇的執念放下了，雖然我很想堅持，但我要面對現實。

後來的我，在社會上打滾，工作，在餐廳上班，也做過幾種不同類型（曾在「摩曲數位影音公司」做過電視節目《誰來晚餐》採訪與腳本）。然後我存了些錢，加上家人持續性的支持，幾年後，我想追逐高中的戲劇夢，考上了臺灣藝術大學戲劇系。

讀臺藝大時，對於戲劇是認識了更深更多，教得也更細，而有關「編劇」的課，更讓我覺得適合自己：愛想像，聽心事，創故事，也更加愛戲。大學中，在班展

上，我當過演員、音樂設計、道具執行、公關。學校
裡，我的導師給我最多的支持與談心，是導師鼓勵我參
加學校的劇本比賽。

求學過程中我雖顛簸，但還好，我沒有太晚才發現我的
志向，希望接下來，能順遂。

Thought
心思

五、特殊成就

——努力和成功雖不一定成正比，但，你能爲你自己的
成就，去下定義，去肯定

曾獲復興高中小說獎：《異人》、《死神的審判》。
死神的審判爲推理小說，評語說類於「金田一、柯南」
等，少了自己生長的臺灣環境背景風格。異人屬科幻小
說，在高中期間，寫出一到四章，那時還未想過會是長
篇小說，就大學期間，決定寫成百萬小說。

曾獲臺灣藝術大學劇本創作比賽優選：《美化》。
讀大三期間，想完成一部有上下半場的舞台劇劇本，得
聞大學有此比賽，故參加，也是想要寫一部關於我喜歡
的藝術題材。

與戲劇有關連的成就，就是我得到過學校的小說獎和劇
本創作獎。

我參加過的校際比賽，有桌球比賽、辯論比賽、象棋比賽。

桌球從小學到國中到五專皆代表學校，拿了三座獎杯，高中時因有體育班，故而沒有校隊。辯論比賽為五專和高中時比的，五專因國貿系冠軍而代表學校比賽，高中組隊為第二名。象棋是國小國中時，校內初選勝出，組隊代表學校，但沒得名次。

我還有獲得唱片公司「比稿」的機會，可惜，沒有選中。

我目前還沒有我想要的成就，我一直在戲劇這條路上，努力，也曾經放棄過，現在我自訂了編劇這個目標，希望未來，我有。

Thought
心思

比稿作品：

如何是好（光良的右手邊）

詞／小蠍

當妳用笑容 拒絕時候　　我試著掩飾 心中的失落
妳接著說 要我不要太難過　　我試著接受 妳能給的溫柔
妳是知道我 會很心痛　　可是也不知 能多說什麼
妳更不懂 我是如何的難受　　我不說 淚不流 怕妳內疚
我到底如何是好　　思念妳是如此難熬
想著妳溫柔的笑　　卻無法緊緊抓牢
怎麼會 我不過想對妳好
怎麼會 變成了 妳的困擾
我不知如何是好　　怎麼睡都無法睡著
念著妳分分秒秒　　想成為妳的依靠
怎麼做 妳才懂 妳在我心深處　　比什麼都重要
要幸福快樂　　每天為妳祈禱

191

夢中見（Bill 的迷路）

詞／小蠍

心在淌血　我沒感覺
取一瓢相思淚　把自己灌醉
才能看見夢中的美
去欣賞有妳的風花雪月
卻被夜風吹成灰
徒增的罪孽無法挽回
忽然間才發現　　身邊再沒有誰
值得我再留戀　　我的愛情已經成眠
這世界還有誰　　懂得這份傷悲
有相同體會　　夢是最美世界
愛被擱淺　妳看不見
回憶剪成碎片　在夜空中紛飛
只好尋找夢中誓言
去想像相愛的畫面情節
才發現那只是幻覺
妳從來不曾真正在我身邊

Thought
心思

192

忽然間才發現　　身邊再沒有誰
值得我再留戀　　我的愛情已經成眠
這世界還有誰　　懂得這份傷悲
有相同體會　　夢才最美
離開夢的纏綿　　只剩空虛愛戀
我們那麼遠　　怎麼走也走不進妳的世界
這世界沒有誰　　懂得這份傷悲
在思念歲月　　只求夢中相見

六、確立目標

——人生有了目標，就有了方向，順著方向走，人生就不再迷惘，有了人生的意義

目標：編劇之路，成爲劇作家、小說家、詩人。

在學習戲劇的過程中，我了解體會到，「劇本」，是一齣劇的根本。好的故事不見得能做出好看的戲，但好看的戲一定都是好的故事。

所以，劇本是最重要的。關於戲劇作品的分類下，往往也只有「劇本」能流傳於世，因爲表演戲劇本來就是一種流動的時間藝術，而能被時間留住記住的，很多都是劇作家，像莎士比亞，就成爲世界三大文學巨匠，或易卜生，也留下了多部的名作供後人演出。

所以，我想成爲劇作家。而我因爲自己喜歡看小說，也就自然想成爲小說家。

Thought
心思

七、未來展望

——無法預知的未來，若能用心的建構藍圖，就能一步步走向靠近，自己想要的願景

寫出好的故事劇本，感動人，為這世界，貢獻我真誠的關懷。

我很希望，我能為這個世界，帶來些什麼樣的不同，也表示著我存在存活的生命價值。

人與人，拼出了故事。所以好的故事，就能觸動人，人被觸發了，多多少少會有變化，變化的人多，多少會改變些什麼。而我，就是想要有這樣的改變能力。

我想當這樣的人，於是在有空暇時，我都會去找或買有關如何讓「故事」更好的書籍來看，讓夢想更近。

我希望在未來，我能出小說的書。目前寫了個人第一部

的長篇小說《異人》，規畫寫四本，過百萬字。這小說注入我的思想心血，將我對這世界的觀感投入。從中國到日本北海道，從殺人案變成世界大戰，其要表達的中心思維，是一讓人類走向毀滅的是「邪惡」，我們人類的自相殘殺，戰爭，會讓我們毀滅自己。我會想寫這題材，邪惡與正義的對抗，也是希望這個世界能更和協。我希望我的小説能帶來一些正向的改變能力。

我也想了很多的故事題材，比如心地比外貌重要、一個永遠想回到過去不敢面對未來的人、被封住記憶的人、失智症問題、校園霸凌、人格分裂的人……等。並對我的長篇小説裡的主角，發展了一系列的奇幻故事，取了書名達 50 種。希望最後能創作出來。

想寫出完成更多的劇本，不只於舞臺劇，還有電視電影。而我學戲的過程中，接觸最多的就是舞臺劇，所以希望從中吸收涉獵，將學習養份灌溉注入到不同種類的劇，成爲一個編劇家。

Thought
心思

作者完成拼圖後翻拍作品

冰
在幽闇冥王星深處遊蕩的蠍子，
最後能否亮出耀光，照耀某暗色的靈魂
冰

Thought
心思

最遠的冥王星，
逐漸讓蠍子散發歲月所流轉的光芒

★

國家圖書館出版品預行編目資料

心思／小蠍（吳中全）著. 初版. 臺中市：
白象文化事業有限公司，2023.10
　　面；　公分
　ISBN 978-626-364-103-7（平裝）

863.51　　　　　　　　　　　112012859

心思

作　　者　小蠍（吳中全）
校　　對　小蠍（吳中全）
發 行 人　張輝潭
出版發行　白象文化事業有限公司
　　　　　412台中市大里區科技路1號8樓之2（台中軟體園區）
　　　　　出版專線：（04）2496-5995　　傳真：（04）2496-9901
　　　　　401台中市東區和平街228巷44號（經銷部）
　　　　　購書專線：（04）2220-8589　　傳真：（04）2220-8505
專案主編　黃麗穎
出版編印　林榮威、陳逸儒、黃麗穎、水邊、陳婷婷、李婕
設計創意　張禮南、何佳諳
經紀企劃　張輝潭、徐錦淳
經銷推廣　李莉吟、莊博亞、劉育姍、林政泓
行銷宣傳　黃姿虹、沈若瑜
營運管理　林金郎、曾千熏
印　　刷　百通科技股份有限公司
初版一刷　2023 年 10 月
定　　價　200 元

白象文化　印書小舖　出版‧經銷‧宣傳‧設計
www.ElephantWhite.com.tw　PressStore　f 自費出版的領導者　購書 白象文化生活館